I0546762

A mes livres.

Chères délices de mon âme,
Gardez-vous bien de me quitter
Quoiqu'on vienne vous emprunter.
Chacun de vous m'est une femme
Qui peut se laisser voir sans blâme
Et ne se doit jamais prêter.

R.F.
BIBLIOTHÈQUE NATIONALE

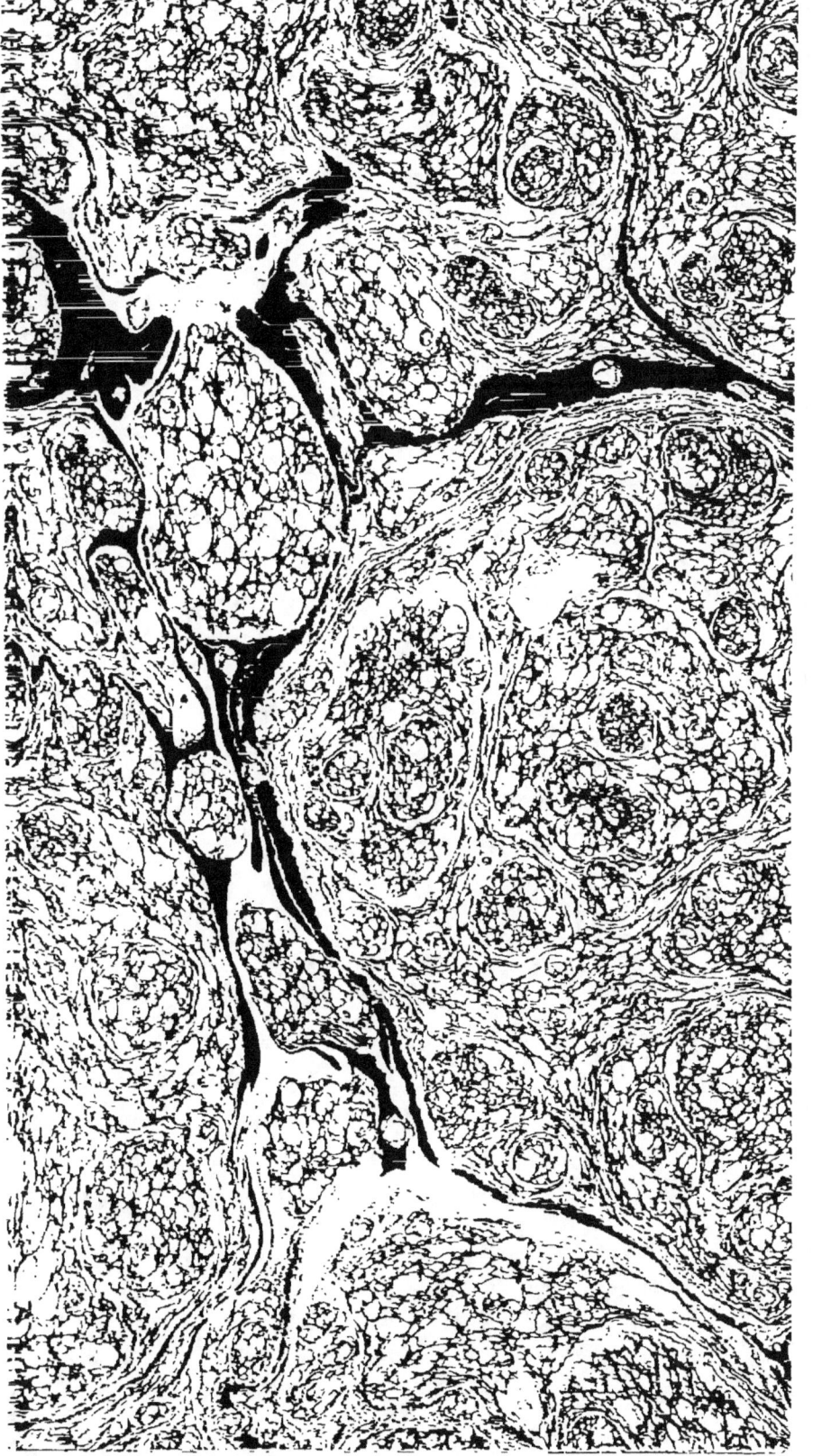

un exemplaire sur vélin vend. 72. d'hangard,
100 fs d'O...; 52. Châteaugiron et 50 Viercecourt.

La première édition de ce petit discours impr. à Lyon
en 1673 in 12 ne porte que les initiales du nom et de
la profession de l'auteur J.S.D.M. L'ouvrage a été
reproduit élagué et sous une autre forme, avec des notes
nouvelles dans les Recherches Curieuses du même auteur.

Édition de 1683. Ces additions font parties de la réimpression
que M. Leber a placée dans un des volumes de sa collection
de dissertations, vol. dont il a été tiré à part 2 exempl. en
pap. vélin, sous ce titre : Recueil de quelques pièces
curieuses sur l'origine des Étrennes et diverses
particularités de cette Coutume chez les français (par
Spon, le P. Tournemine &c) s.d. in 8°. vend. Nodier
mar. r. 40 fs

L'ouvrage de Spon a encore été publié sous le titre
de Dissertation sur l'origine des Étrennes avec des notes
par M.*** Dijon typ. Bard 1818 in 8°. d. 48 p.

ORIGINE

DES

ÉTRENNES.

6 Janvier

5311

DE L'ORIGINE

DES

ÉTRENNES.

PAR JACOB SPON.

A PARIS,

Chez Fr. Amb. Didot l'aîné, rue Pavée,

& Guil. De Bure, quai des Augustins.

M. DCC. LXXXI.

AVERTISSEMENT.

JACOB SPON, Docteur en Médecine, Auteur de plusieurs Ouvrages d'Antiquités très estimés, publia cette Lettre sur l'Origine des Étrennes, le premier Janvier 1674, & l'adressa à M. Stoffel, Conseiller de S. A. S. Fréderic Auguste, Duc de Wirtemberg. Les recherches qu'il a faites prouvent que cet usage est très ancien, puisqu'il existoit du temps de Romulus, Fondateur de l'Empire Romain.

Nous croyons que le Public verra avec plaisir la réimpression de cette petite brochure, dont on trouvoit

très difficilement des exemplaires :
elle fait connoître la maniere dont
cette coutume s'obfervoit chez ce
Peuple célebre.

DE L'ORIGINE
DES ÉTRENNES.

Monsieur,

C'est aujourd'hui un jour d'Étrennes en ce pays-ci plus qu'en aucun autre; vous agréerez donc, s'il vous plaît, que je vous en envoie aussi pour vous témoigner l'estime que je fais de votre mérite, ou pour ne pas trahir mes sentiments.

Ce petit difcours, Monfieur, eft plutôt pour me fervir d'excufe de ce que je n'ai point d'Étrennes à vous préfenter, parceque je tiens cette coutume pour fuperftitieufe, & que fi j'avois à vous témoigner l'eftime que je fais de votre perfonne, foit par des proteftations de refpect ou par des offres de fervice, foit par quelque préfent confidérable que j'euffe à vous faire, je choifirois plutôt un autre temps que celui-ci, pour ne pas tomber dans la faute que je reprends dans les autres.

Je ne doute pas, Monfieur, que plufieurs perfonnes ne traitent cette coutume d'indifférente ; mais aufli elles me permettront de leur dire qu'il y a beaucoup de coutumes établies parmi nous, que nous envifa-

gcons comme indifférentes, & qui se
trouvent néanmoins avoir été, dans
leur source, des effets de la superfti-
tion & des maximes de l'erreur : témoin celle que nous avons de sou-
haiter à ceux qui éternuent que Dieu
les conserve ou les assiste , qui est
venue de ce que les anciens Païens
se sont imaginé que l'éternument
étoit une maladie , ou du moins un
signe d'indisposition ; & à cause de
cela ils avoient accoutumé , quand
ils entendoient quelqu'un éternuer,
de dire : Jupiter vous conserve! (1)
D'autres même étoient si fous de
croire que l'éternument étoit quelque chose de divin & qui méritoit
nos adorations , & se mettoient à
genoux quand ils entendoient éter-
(1) Xenophon , lib. 3 , de exped. Cyri.

nuer. Néanmoins, quoique nous
soyons bien persuadés à présent,
qu'il ne s'y passe rien que de natu-
rel, & que c'est plutôt un signe de
santé que de maladie, nous n'avons
pas laissé d'embrasser leur coutume,
quoique nous ayons renoncé à leur
sentiment; & cela est commun à
toute l'Europe, excepté à l'Angleter-
re, qui, n'ayant pas demeuré long-
temps sous le joug des Romains, ne
s'est pas autant infectée de leurs
erreurs, que les Gaulois, qui fu-
rent domtés en dix années par Jules
César, & qui, en recevant le Chris-
tianisme, crurent être assez dégagés
de leur superstition, en substituant
le nom du vrai Dieu à celui de leur
faux Jupiter.

Il en est de même, Monsieur, de

nôtre maniere d'agir au premier jour
de l'an. Nous nous fouhaitons mutuellement la bonne année ; nous
faifons des vœux réciproques pour
notre profpérité & fanté , & nous
nous envoyons des préfents les uns
aux autres en témoignage d'amitié ,
fans autre fondement que la coutume , que nous n'ofons pas cho-
quer, & qui s'eft fi bien impatroni-
fée chez nous, que nous la regardons
comme un tyran à qui il feroit dan-
gereux de défobéir & de refufer le
tribut annuel que nous lui avons
lâchement accordé par des actes de
confentement dont nous avons per-
du les dates.

Mais fi nous prenons la peine de
confidérer comment cette coutume
s'eft gliflée parmi nous, nous trouve-

rons qu'elle eſt preſque auſſi vieille que Rome, & que cette ſuperſtition n'eſt pas moins ancienne que la religion de ce pays-là, qui fut groſſièrement tracée par Romulus, établie par Numa, & appuyée par les armes victorieuſes de cette République, qui l'étendit avec le temps dans tout ſon Empire qui n'étoit guere moindre que le monde : & c'étoit leur coutume, dès qu'ils avoient conquis un pays, d'y établir leur langue & leur religion.

Le premier endroit de l'Hiſtoire romaine qui nous apprend cette coutume eſt de Symmachus, auteur Ancien, qui nous dit que l'uſage des Étrennes fut introduit ſous l'autorité du Roi Tatius Sabinus (que Romulus avoit appellé à la ſociété de

fon regne), qui reçut le premier la
Verbene du Bois facré de la Déefse
Strenia , pour le bon augure de la
nouvelle année : foit qu'ils s'imagi-
nafsent quelque chofe de divin dans
la Verbene, de la même façon que
nos Druïdes gaulois, qui avoient en
telle vénération le Gui de chêne ,
qu'ils alloient le cueillir avec une
ferpe d'or le premier jour de l'année ; ou bien c'eft qu'ils faifoient al-
lufion du nom de cette Déefse Strenia , dans le Bois de laquelle ils prenoient la Verbene, avec le mot de
ftrenuus, qui fignifie vaillant & généreux ; aufli le mot de *ftrena* qui
fignifie Étrenne, fe trouve quelquefois écrit *ftrenua* chez les Anciens,
pour témoigner , comme ajoute le
même Auteur, que c'étoit propre-

ment aux perſonnes de valeur & de mérite, qu'étoit deſtiné ce préſent, & à ceux dont l'eſprit tout divin promettoit plus par la vigilance que par l'inſtinct d'un heureux augure.

Après ce temps-là l'on vint à faire des préſents de figues, de dattes, & de miel, comme pour ſouhaiter aux amis qu'il n'arrivât rien que d'agréable & de doux pendant le reſte de l'année.

Enſuite les Romains, quittant leur premiere ſimplicité, & changeant leurs Dieux de bois en des Dieux d'or & d'argent, commencerent à être auſſi plus magnifiques en leurs préſents, & à s'en envoyer ce jour-là de différentes ſortes & plus conſidérables: mais ils s'envoyoient particulièrement des monnoies & médailles d'argent, trouvant qu'ils avoient été bien simples, dans les siecles précédents, de croire que le miel fût plus doux que l'argent, comme Ovide (1) le fait agréable-ment dire à Janus.

Avec les présents ils se souhaitoient mutuellement toute sorte de bonheur & de prospérité pour le reste de l'année, & se donnoient des témoignages réciproques d'amitié. Et comme ils prenoient autant d'empire dans la Religion que dans l'État, ils ne manquerent pas d'établir des loix qui la concernoient, & firent de ce jour-là un jour de fête, qu'ils dédierent & consacrerent particulièrement au Dieu Janus, qu'on représentoit à deux visages, l'un

(1) Ovid. Fast. lib. 10.

devant & l'autre derriere, comme regardant l'année paſſée & la prochaine. On lui faiſoit, dans ce jour, des ſacrifices ; & le peuple alloit en foule au mont Tarpée, où Janus avoit quelque autel, tous habillés de robes neuves : d'où nous pouvons remarquer que ce n'eſt pas une mode nouvelle d'affecter de s'habiller de neuf les premiers jours de l'année.

Néanmoins quoique ce fût une fête, & même une fête ſolemnelle, puiſqu'elle étoit encore dédiée à Junon qui avoit tous les premiers jours de mois ſous ſa protection, & qu'on célébroit auſſi ce jour-là la dédicace des temples de Jupiter & d'Eſculape, qui étoient dans l'iſle du Tibre ; nonobſtant, dis-je, tou-

tes ces confidérations , le peuple ne
demeuroit pas fans rien faire ; mais
au contraire chacun commençoit à
travailler à quelque chofe de fa pro-
feffion , afin de n'être pas pareffeux
le refte de l'année ; ce qui eft encore demeuré parmi nous, puifqu'il
y en a beaucoup qui fe levent plus
matin ce jour-là , pour en être plus
diligents le refte de l'année. Mais on
ne voit pas qu'il y ait quelque vertu
particuliere dans les obfervations de
toutes ces cérémonies.

Enfin l'ufage des Étrennes devint
peu-à-peu fi fréquent fous les Em-
pereurs , que tout le peuple alloit
fouhaiter la bonne année à l'Empereur, & chacun lui portoit fon préfent d'argent felon fon pouvoir, cela étant eftimé comme une marque

d'honneur & de vénération qu'on portoit aux Supérieurs : au lieu que maintenant la mode eſt renverſée; & ce ſont plutôt les grands qui donnent les Étrennes aux petits, les peres à leurs enfants, & les maîtres à leurs ſerviteurs.

Auguſte en recevoit en ſi grande quantité, qu'il avoit accoutumé d'en acheter & dédier des idoles d'or & d'argent, comme étant généreux, & ne voulant pas appliquer à ſon profit particulier les libéralités de ſes Sujets.

Tibere ſon ſucceſſeur, qui étoit d'une humeur plus ſombre, & qui n'aimoit pas les grandes compagnies, s'abſentoit exprès les premiers jours de l'année, pour éviter l'incommodité des viſites du peu-

ple, qui feroit accouru en foule pour
lui fouhaiter la bonne année ; & dés-
approuvoit qu'Augufte eût reçu des
préfents, parceque cela étoit incom-
mode, & qu'il falloit faire de la dé-
penfe pour témoigner au peuple fa
reconnoiffance par d'autres libéralités. Ces cérémonies occupoient même fi fort le peuple les fix ou fept
premiers jours de l'année, qu'il fut
obligé de faire un édit, par lequel il
défendoit les Étrennes paffé le premier jour.

Caligula, qui poffédal'Empire
immédiatement après Tibere, & qui
fe faifoit autant remarquer par fon
avarice que par fes autres mauvaifes
qualités, fit favoir au peuple par un
édit, qu'il recevroit les Étrennes le
jour des Kalendes de Janvier, qui

avoient été refusées par son prédécesseur : & pour cet effet, il se tint
tout le jour dans le vestibule de son
palais, où il recevoit à pleines mains
tout l'argent & les présents qui lui
étoient offerts par le peuple.

Claude, qui lui succéda, abolit
ce que son prédécesseur avoit voulu
rétablir, & défendit par arrêt qu'on
n'eût point à lui venir présenter des
Étrennes, comme on avoit fait sous
Auguste & Caligula.

Depuis ce temps cette coutume
demeura encore parmi le peuple,
comme Hérodian le remarque sous
l'Empereur Commode; & Trebel-
lius Pollio en fait encore mention
dans la vie de Claudius Gothicus, qui
parvint aussi à la dignité impériale.

On pourroit rechercher là-dessus

pour quelle raifon ils avoient accoutumé de fe faire les uns aux autres
des vœux mutuels le premier jour
de l'année, plutôt qu'en un autre
temps; & c'eft la demande que fait
Ovide à Janus, qu'il fait répondre
avec une gravité digne de lui : C'eft,
dit-il, que toutes chofes font con-
tenues dans les commencements ;
& c'eft à caufe de cela, ajoute-t-il,
que l'on tire les augures du premier
oifeau qu'on apperçoit.

En effet, les Romains penfoient
qu'il y avoit quelque chofe de divin dans les commencements : la
tête étoit eftimée une chofe divine,
parcequ'elle eft, pour ainfi dire, le
commencement du corps : ils com-
mençoient leurs guerres par les augures, par les facrifices & par les

vœux publics : & le commencement
de chaque mois étoit dédié à Junon,
& se célébroit comme un jour de
fête. Aussi la raison qu'ils avoient
de sacrifier à Janus ce jour-là, &
de se le rendre propice, c'est qu'é-
tant le Portier des Dieux, ils espéroient d'avoir, par ce moyen, l'en-
trée libre chez tous les autres le reste
de l'année, s'ils s'acquéroient au
commencement Janus pour ami ; &
comme il présidoit au commencement de l'année, ils espéroient sa
faveur pour eux & pour leurs amis,
s'ils attiroient ce Dieu dans leurs
intérêts. On lui sacrifioit de la fa-
rine & du vin ; ce qui a donné sans
doute occasion de se réjouir & faire
la débauche ce jour-là, comme plusieurs ont accoutumé.

Voilà donc tout le fondement que nous avons de notre coutume; & ce fondement étant auſſi léger que de la paille & du chaume, nous ne ſaurions être ſolidement fondés de conſerver une ſuperſtition païenne, à laquelle nous ne pouvons trouver aucun appui par l'autorité de l'Ecriture Sainte, ou des Saints Peres.

De toutes les Lettres que les Apôtres ont envoyées à leurs Égliſes, il eſt bien probable qu'il y en a quelqu'une écrite au commencement de l'année; cependant nous ne trouvons aucune trace de ces vœux & ſouhaits, parceque leur deſſein étoit plutôt d'abolir toutes les ſuperſtitions païennes, que de les autoriſer par de mauvais exemples. Ils condamnoient juſqu'aux moindres

superſtitions judaïques, beaucoup
plus les païennes, & ils n'avoient
rien plus à cœur que de nous per-
ſuader que tout ce qui eſt fait ſans
foi eſt péché; &, par cette même
raiſon, je ne vois pas comment on
en peut exempter cette coutume,
qui n'eſt d'aucune utilité, & qui n'a
autre fondement que la ſuperſtition
païenne. Si nous devons rendre
compte à Dieu de nos paroles oiſeu-
ſes, n'eſt-il pas à craindre que les
paroles, les compliments & les actions de ce jour-là, ne nous ſoient
imputés comme inutiles & comme
des ſuites & des effets de l'oiſiveté.

Vous me direz peut-être que,
quoique cela ait été en uſage parmi
les Païens, ils ne le faiſoient pas
par principe de religion. Mais il eſt

conftant que ce n'étoit pas par aucun autre motif : ils s'imaginoient
quelque chofe de divin dans les
commencements ; ils le faifoient
pour honorer le Dieu Janus ; ils fe
fouhaitoient les uns aux autres la
fanté & la profpérité, parcequ'ils
penfoient que les Dieux les exauce-
roient, à caufe qu'ils les prioient au
commencement de l'année ; ils faifoient des préfents pour fervir de
bon augure ; & tout enfin fe termi-
noit à des fentiments religieux que
leur infpiroit la fainteté prétendue
de ce jour : témoin ce que dit, au
fujet de l'Étrenne, un Auteur de
l'antiquité, & qui profeffoit le Pa-
ganifme (1). « L'Étrenne, dit-il,
« eft un préfent qu'on fait un jour

(1) Feftus, lib. 10.

« de dévotion, pour servir de bon
« augure ».

J'avoue bien que nous ne le faifons plus par religion, mais feulement par cérémonie & par civilité ;
néanmoins cela ne nous excufe pas :
& puifque cette coutume doit fa
naiffance à la fuperftition, nous ne
faurions qu'en défapprouver l'ufage ; & fi nous fommes mieux inf-
truits que les premiers Chrétiens qui
l'ont reçue chez eux, ne devrions-
nous pas auffi montrer plus d'exacti-
tude & de regle dans nos mœurs ?
Sommes-nous affez autorifés de pra-
tiquer une coutume, parceque nos
peres l'ont pratiquée ? & ne fom-
mes-nous pas obligés de nous in-
former s'ils avoient droit de faire
ce qu'ils nous voudroient obliger,

par leurs exemples, à imiter. Les
premiers Chrétiens faifoient fcru-
pule, jufques-là qu'ils auroient plutôt fouffert le martyre, de jetter
un grain d'encens.au feu, ou de
porter une couronne de laurier,
parceque les Idolâtres le faifoient.
Nous avons bien relâché de leur
zele.

Quel abus, à le prendre même
politiquement, de nos vifites & de
nos emprefsements dans ce jour!
Qu'eft-ce qui commence dans ce
temps-là? font-ce les faifons? Point
du tout; car ce n'eft que l'hiver
qui continue. Se fait - il quelque
changement au ciel, dans l'air ou
fur la terre? Le ciel fait fon cours
ordinaire, le foleil continue fa
courfe tout de même comme un

autre jour , & toutes chofes vont comme elles alloient auparavant. Les Egyptiens repréfentoient l'année par l'emblême d'un ferpent qui mord fa queue , pour dire que ce n'eft qu'un cercle de temps qui recommence où il a fini.

Eft-ce parceque les Aftrologues, qui ne font pas même d'accord entre eux, ont fixé le commencement de l'année à ce jour-là , & changé de calcul ou de fupputation ? eft-ce, dis-je, que , pour cela , nous devons craindre le changement du cœur de nos amis ? Il ne fe paffe alors rien de nouveau dans leur cœur, non plus que dans les ouvrages de la Nature ; & pour ceux qui n'ont pas de l'inclination pour nous , ou qui nous veulent du mal, le chan-

gement d'année n'a pas le pouvoir
de changer leur cœur & de leur
infpirer de nouveaux fentiments en
notre faveur, quoique par une libé-
ralité de compliments ils femblent
nous vouloir donner des gages d'une
amitié fincere. Mais que ces témoignages font bien trompeurs, puifqu'on en ufe de même avec tout le
monde, & qu'on leur dit en cette
rencontre la même chofe à tous,
fi ce n'eft en mêmes termes, du
moins en même fens! ce font les
préfents de douceur que les Païens
avoient accoutumé d'envoyer, des
figues & du miel, dont la douceur
fe change en amertume dans les
mauvais eftomacs, & qui fe cor-
rompent plus aifément que d'autres
viandes plus groffieres. On profti-

tue si souvent ces termes d'amitié ;
d'esclavage , de service , d'adora-
tion & de respects, que , quand on
voudroit exprimer une passion bien
violente , on ne sauroit où trouver d'autres termes.

Enfin si nous croyons que ce soit
une chose nécessaire de se voir de
temps en temps pour entretenir l'a-
mitié , & de ne pas négliger de nous
en donner des témoignages réciproques dans les rencontres , n'a-
vons-nous pas assez d'autres occa-
sions de nous fréquenter ? les ma-
riages , les accouchements , les ma-
ladies & la mort des amis , les re-
tours de voyage , les changements
de logis , & mille autres conjonc-
tures que nous formons nous-mê-
mes, nous en fournissent assez, sans

affecter encore de renouveller nos protestations au commencement de chaque année.

Nous nous laissons emporter à la cérémonie, & nous y avons plus d'attachement qu'au solide ; & je ne doute pas qu'il ne soit bien difficile & presque impossible de nous faire perdre cette coutume. Il faudroit un arrêt des Magistrats pour l'abolir, de même que l'Empereur Tibere fut obligé d'en faire un, pour corriger l'abus qui s'y commettoit. Les anciens habitants de l'isle de Crete, voulant donner une malédiction à quelqu'un, souhaitoient que les Dieux l'engageassent en quelque mauvaise coutume, reconnoissant la difficulté qu'on avoit à s'en dégager : & Platon reprenant

un enfant qui jouoit aux noix : Tu
me reprends de peu, dit l'enfant :
La coutume, lui répondit Platon,
n'eſt pas peu de choſe. En effet,
les Philoſophes diſent que la coutume paſſe en nature : & de même
qu'on ne ſauroit chaſſer une inclination naturelle, qu'elle ne ſoit
toujours prête à revenir ; auſſi n'eſt-
il pas facile de faire ce que dit un
Comique,

Eſt-on accoutumé, qu'on ſe défaccoutume.

cc Qu'eſt - ce qu'on penſera de
cc moi, dira quelqu'un, ſi je n'uſe
cc pas de cette civilité avec mes pa-
cc rents ? ils croiront que j'ai quel-
cc que animoſité contre eux, ou du
cc moins ils s'imagineront que je les
cc mépriſe. Je ne veux pas affecter
cc la ſingularité, & il eſt de toute

« néceffité de faire comme les au-
« tres ». Faites - en donc ce qu'il
vous plaira, je ne prétends pas être
l'arbitre de vos actions : je voudrois
feulement, fi j'avois quelque droit
à les cenfurer, qu'on ne fe rendît
pas cette civilité comme indifpen-
fable, & qu'on n'affectât pas tant
de fuivre tous les procédés du vul-
gaire, qui n'ont la plupart aucun
autre droit que celui qu'ils peuvent
alléguer, que cela s'eft fait de tout
temps, & que la coutume leur fert
de titre.

Pour moi qui fuis perfuadé qu'il
eft quelquefois bon de s'écarter de
la preffe, pour n'en être pas acca-
blé, j'ai cru que je n'avois pas moins
de droit de découvrir ma penfée
fur ce fujet, puifque cela n'oblige

perſonne à changer de ſentiment,
ſi la vérité ne lui perſuade, ou même ſi l'incommodité de recevoir
& de rendre ces viſites inutiles ne
l'engage à les déſapprouver. Il me
ſuffit d'avoir montré le peu d'utilité que la ſociété civile des hommes
peut retirer de ces proteſtations qui
ne ſe font que par forme, la ſuperſtition ſur laquelle elles ſont appuyées,
auſſi-bien que les Étrennes; & ce
mot ſeul de ſuperſtition nous en doit
détourner, puiſqu'il eſt honnête
d'en abolir même les ombres les
plus légeres, & d'en effacer juſqu'aux
moindres traits.

Céſar ne vouloit pas ſeulement
que ſa femme fût criminelle, mais il
vouloit auſſi qu'elle fût abſolument
exempte de ſoupçon : de même,

s'il eſt permis de comparer les cho-
ſes ſaintes aux profanes, l'Égliſe,
qui eſt l'Épouſe de JESUS-CHRIST,
a intérêt d'être non ſeulement ſans
crime, mais en doit éviter les moindres ſoupçons.

Voilà, Monſieur, ce qu'un jour
ou deux de chambre, qu'il m'a fallu
tenir pour quelque indiſpoſition,
m'ont donné de loiſir pour vous entretenir. J'ai ſuivi en ce ſujet le deſſein d'un Docteur de Paris, qui a
fait ces années paſsées un Traité du
Paganiſme du Roi - boit, ou des
Rois de la Feve : je ne ſais pas la maniere dont il s'y prend, ne l'ayant
pas encore vu ; mais il me ſuffit que
tout ce que j'ai avancé ſoit ſoumis
à votre jugement, vous priant de

croire que comme je vous connois très éclairé dans l'Histoire & dans les matieres d'Antiquité, aussi ferai-je gloire de recevoir vos pensées pour regle des miennes, & vous témoignerai, non seulement dans cette rencontre, mais aussi dans toutes celles que vous me présenterez, que je suis avec profond respect,

MONSIEUR,

Votre très humble
& très obéissant serviteur,
J. SPON, D. M.

DE L'IMPRIMERIE DE DIDOT L'AÎNÉ,
Imprim. du Clergé, en surv.

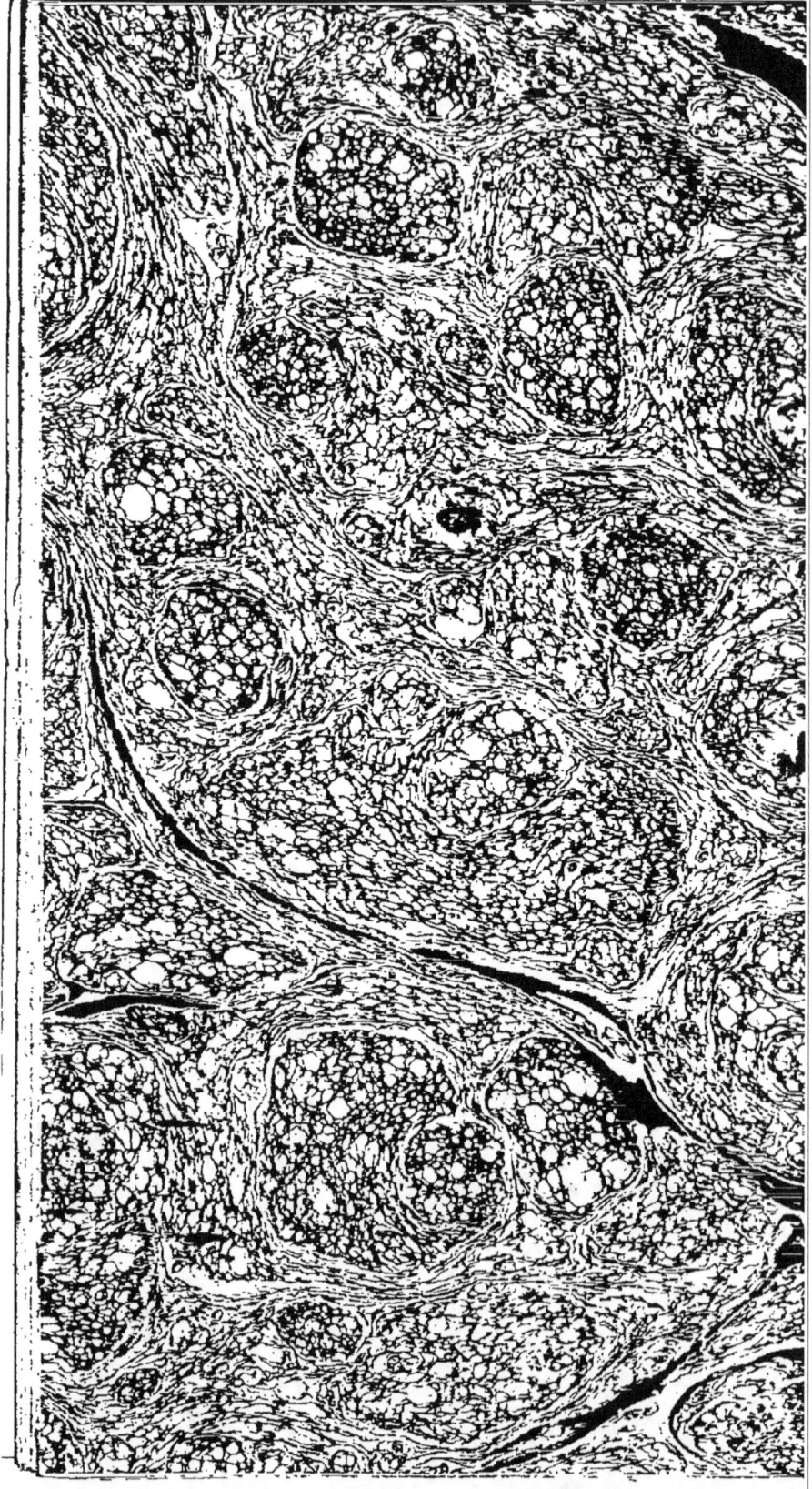

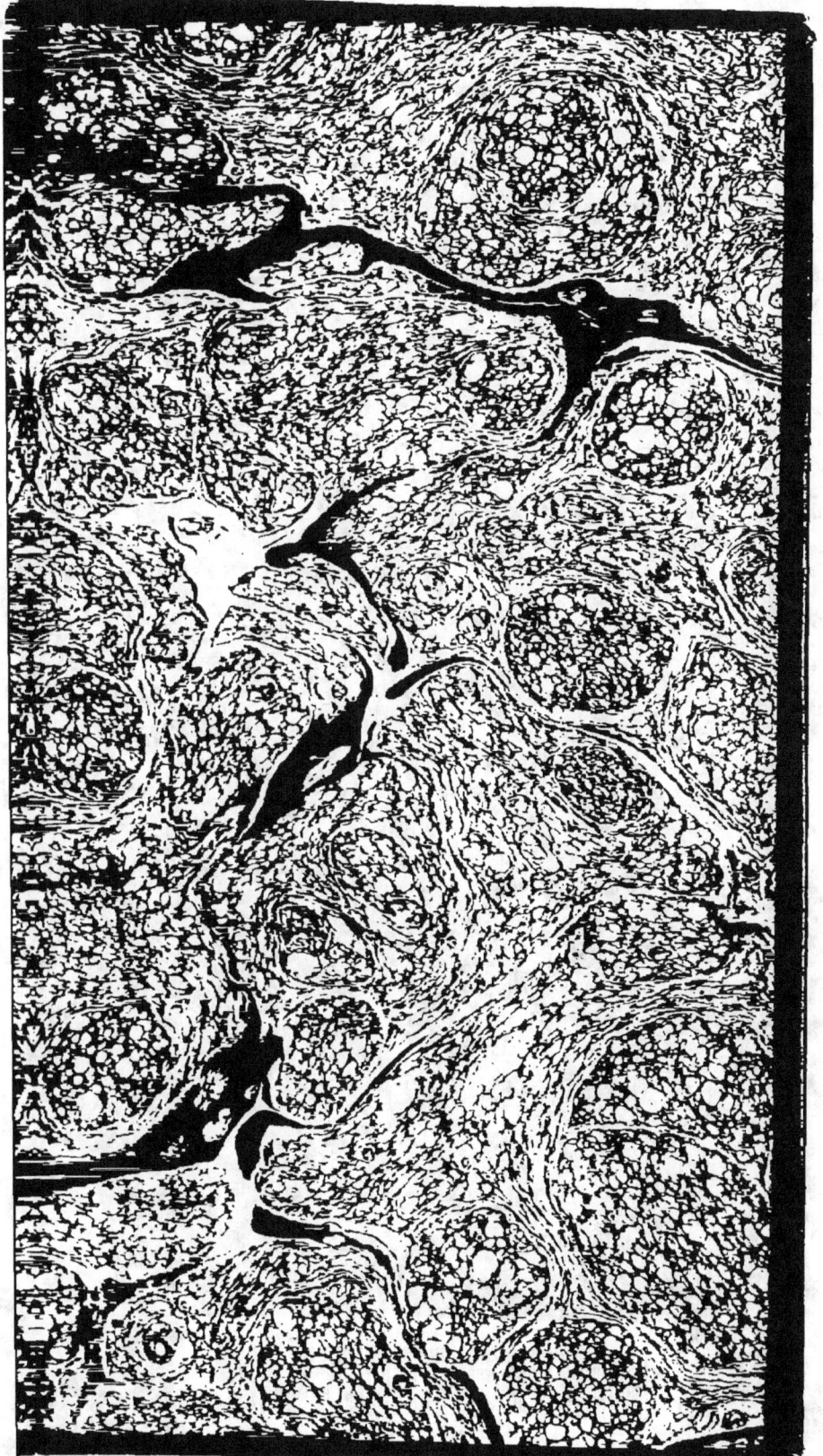

BIBLIOTHEQUE NATIONALE DE FRANCE

3 7511 00116339 6

www.ingramcontent.com/pod-product-compliance
Lightning Source LLC
Chambersburg PA
CBHW061709180626
46818CB00003B/1331